烏龍院　精彩大長篇

3

漫畫
敖幼祥

目錄

第 17 話

午門屠刀出鞘

體無完膚敗下陣來的三刀客

就是這裡了！

大老遠的把咱們請來，就為了要殺一隻兔子？

這也太搞笑了！

鐵桶坡的人是不是都屬紅蘿蔔呀！

怕兔子吃嘛！

HA HA HA

殺一隻兔子值五十塊金條。

比咱們劊子手砍十個人頭還好賺。

兄弟們認真地殺唄！

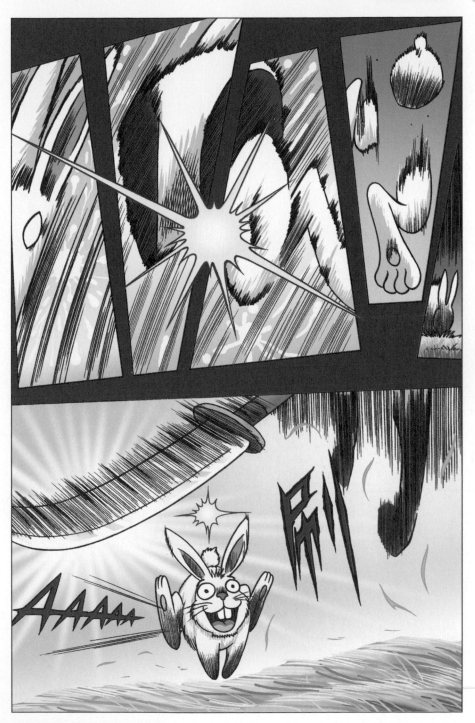

怪了！

這三個傢伙看起來都是狠角色，但是為什麼一直在慘叫？

喔！

兔子！

兔

有兔子呀！

哇！

遜呆了！居然怕兔子，哈！

因為那不是一隻普通的兔子。

難道那隻兔子是鬼嗎？

啊﹗

是的！他就是一隻殺不死的魔鬼！

幾百年來，二齒魔一直是鐵堡的宿敵。

幾百年，又殺不死，會不會和你那個有關係？

誰和二齒魔有關係？

啊！

你說什麼？

這……… 這和………

這和我有關係！

因為我屬兔！

你也是兔年生的吧！

堡主屬馬！

我屬兔！

啥？她是堡主！

堡主美女大人！

失禮！失禮！

好了！好了！別那麼多禮吧！

剛才就是你把他們抬回來的？

嗯，很壯。

哼！

堡主誇我啊！

這三位是堡裡請過來殺二齒魔的刀客。

二齒魔身高五丈，爪能斷鐵，齒可碎石，一躍能登八層樓，鑽地挖洞，神出鬼沒……

堡主！我可以幫助你打鬼兔子！

我一錘砸爛他的兔腦袋瓜!

啊!大叔對不起沒瞧你躺在這兒!

鐵釘。

你帶這幾位客人去安頓一下。

哦。

嗨!

這位客人……

長得這麼安全,隨便找個地方躺著就行啦!

說得好!長得太安全了!

!

嘿!

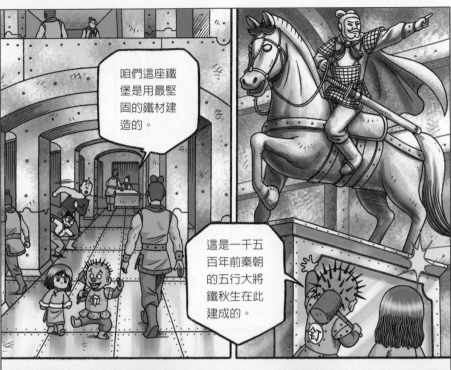

咱們這座鐵堡是用最堅固的鐵材建造的。

這是一千五百年前秦朝的五行大將鐵秋生在此建成的。

鐵堡的地下蘊藏著豐富的鐵礦。

祖傳的煉鐵技術現在是全世界最厲害的哪!

「鍛造術」的階級分為：明爐、司火、冶煉、二槌、頭槌，最高段的則叫做——鑄作。

明爐

司火

冶煉

二槌

頭槌

鑄作

你知道鐵堡最頂尖的鑄作是誰嗎？

是一個瞎老頭。

鐵釘！你在背後說我什麼呀？

釘

鐵盲公！我是誇您最厲害哪！

機靈的小鬼。

金

鐵盲公！

鐵盲公二十歲時在剿兔戰役中被二齒魔抓瞎了雙眼。

後來他自我苦練，用聽覺就能分辨出鋼材的質量！

火候太低錘煉不夠。

重做！

廢鐵一根。

唔！

你身邊的小妹妹為何身上帶這麼多金鑰匙？

你身上有很多金鑰匙？

我……

我……

老先生好聽力呀！

金鑰匙是咱家祖傳之寶，由小妹保管嘛！

既然是傳家寶物，為何不是由你這個大兄長帶著呢？

呃～～

因為……

因為……

因為……
因為……

因為我比較聰明，不像他老是丟三落四的，連褲子都會搞丟！

…

你這位大兄長會武功吧！

鐵金剛原本
下個月初要
完工的。

現在為什麼
又要延後兩
個月?

堡主!

堡主!

鐵金剛的
主體是已
經完工了。

但是裝上厚
重的裝甲護
板,使得原
本的動力不
足負荷。

啪!

沒有裝甲防護的
鐵金剛遇上二齒
魔就是一堆任憑
宰割的廢鐵！

拜託你們把
爭吵的時間
用來加緊趕
工吧！

堡主……

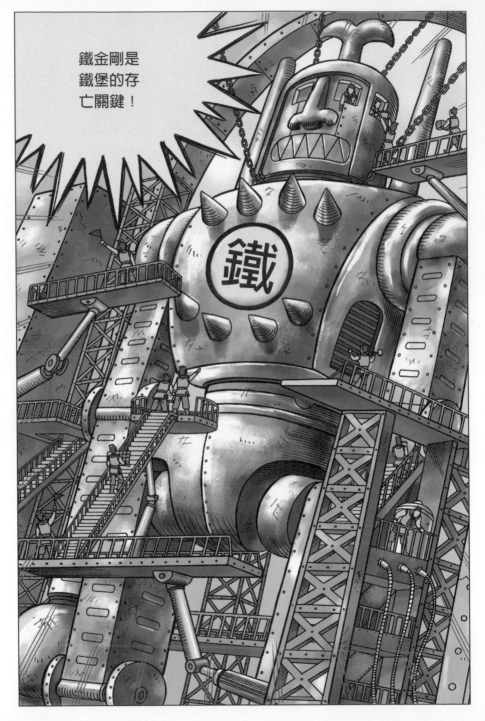

第 18 話

閃電突擊鐵堡

幽暗地底竄出的可怕殺手

這群鬼兔子竟然知道礦區護壁是鐵堡最脆弱的地方！

一定是二齒魔在後面指揮著！

他的智慧愈來愈高，恐怕難以對付了！

弓箭隊準備狙擊！

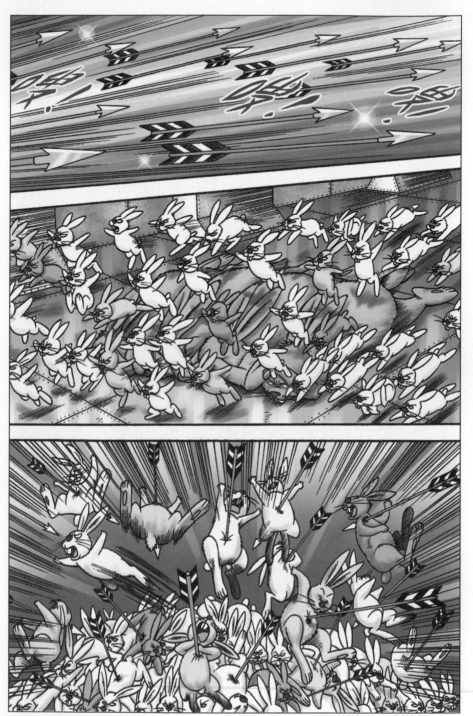

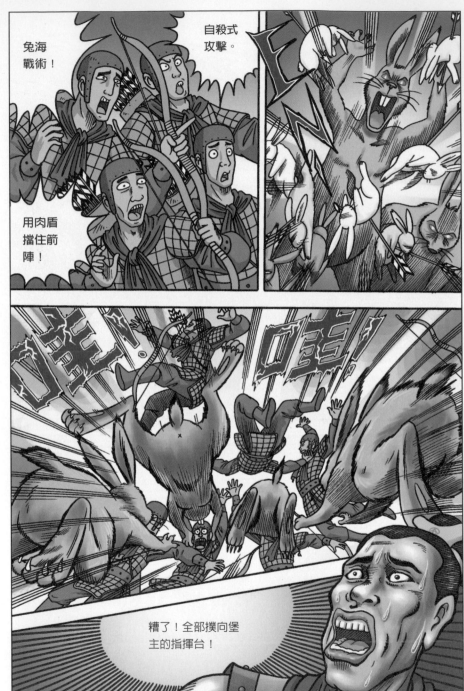

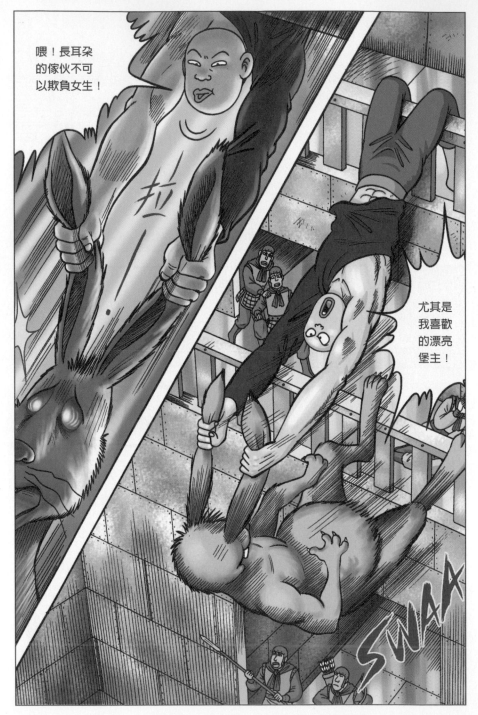

奇怪？ 突然間全撤了！

一定是被我神勇的表現給嚇退的呀！

弟兄們！追上去消滅他們！

盲公！兔群被擊退啦！

警衛團出堡乘勝追擊！

剛才那陰沉的吼聲是堡外傳來的吧！

兔群是被那聲音召喚回去的……

第 19 話

二齒魔橫空狂嘯

地平線上像火山一樣的怪獸

哇!

放開我!
臭兔子!

但是鐵金剛還沒完成。

最起碼還能擋一陣子！

等到他攻入堡裡，連機會都沒了呀！

堡主還在那裡猶豫什麼？

外面的弟兄快完蛋了！

我……

出去決一死戰吧！

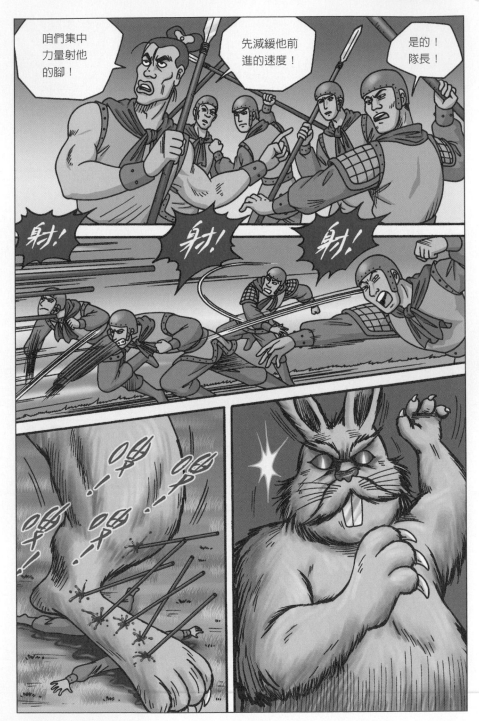

你這個畜牲呀!

究竟是什麼怪物,
竟然學會了
吃人肉!

啊！手臂折斷了！！

呃！

我這一刀插進腦門天靈蓋，神仙也救不了你！

把天靈蓋戳穿也破不了他的罩門。

罷了！
天亡我也。

第 20 話

鐵金剛護堡惡戰

超級強大兵器揮出捍衛之拳

你的位置是攻擊手!

本來應該是鐵柱在操作的!

你沒問題吧!

堡主放心出擊吧!

烏龍院的功夫罩的住!

鐵堡的命運在此一擊!

大家一定要全力以赴!

發動進攻!消滅二齒魔!

出擊!

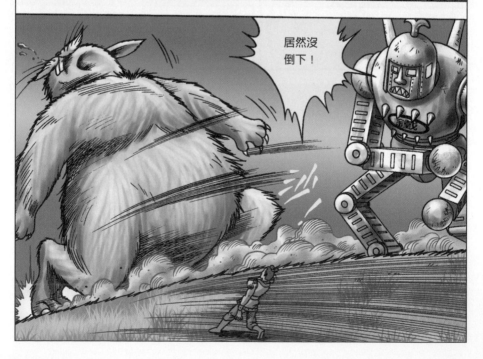

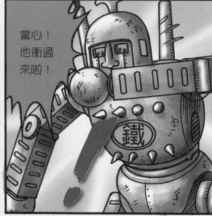

耶！摔得真漂亮！

嘻！大師父教我的。

趁他還沒站穩，全力攻他的心窩！

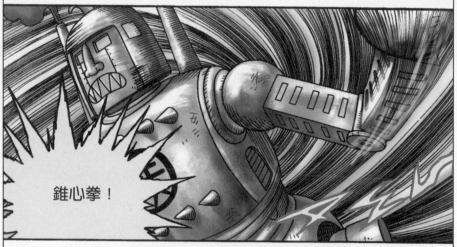

錐心拳！

我的左腿

怎麼回事？

你擊到他心臟的那一剎那，我的左腿突然感到刺痛！

哇！

啊！金鑰匙發出了奇怪的鳴叫聲！

難道兔子的身上有你本尊的某個部位？

CEN CEN CEN CEN CEN CEN

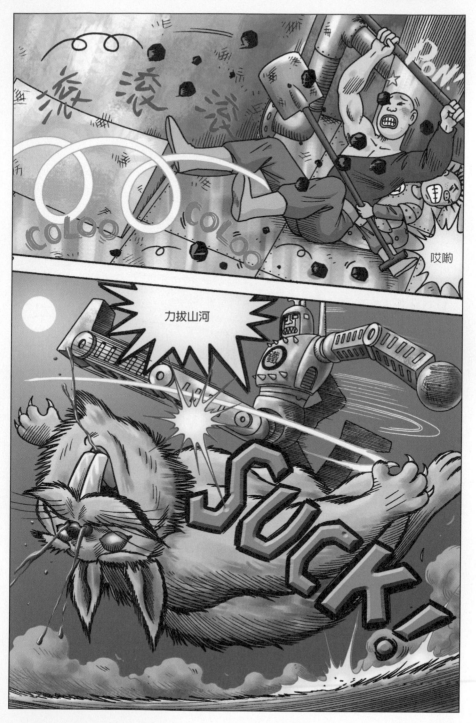

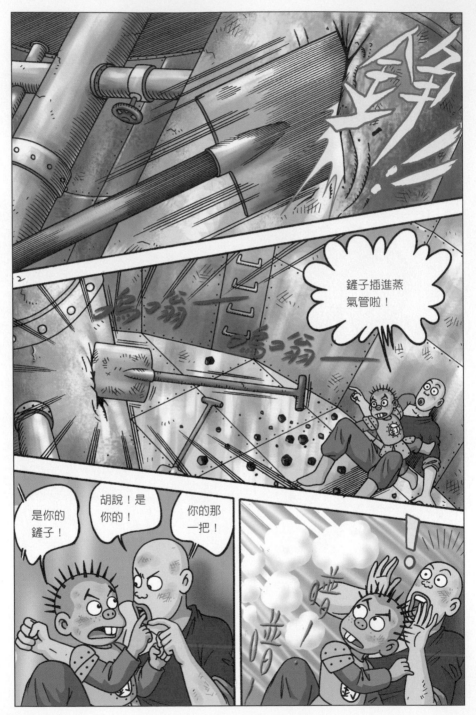

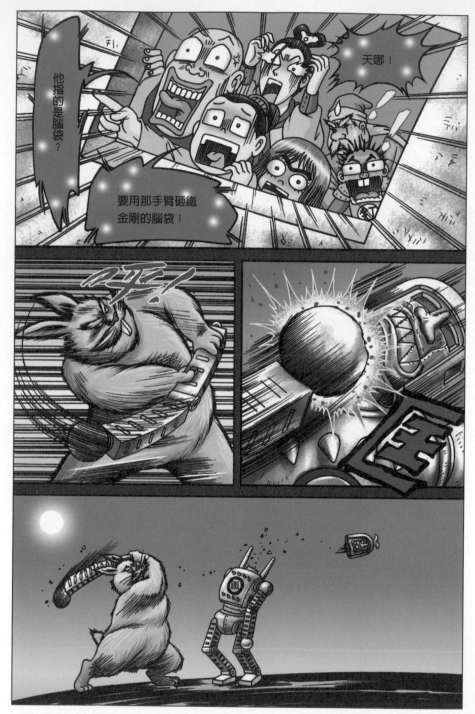

第 21 話

像廢鐵一樣的慘敗

二齒魔發狂暴走，鐵盲公重傷危殆

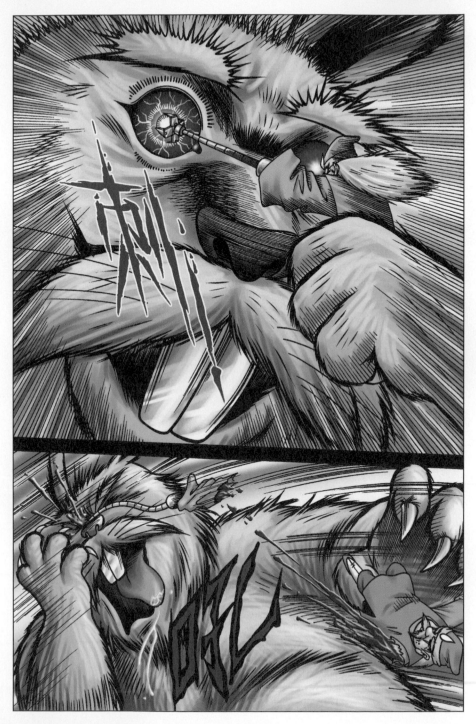

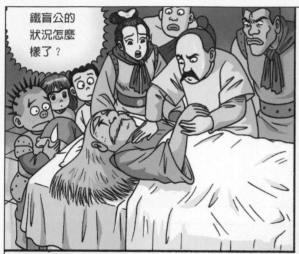

鐵盲公的狀況怎麼樣了？

他失血過多，心脈虛弱……恐怕拖不過今晚！

鐵盲公呀！我鐵柱對不起你！沒弄清楚狀況就去追兔子！是我害了你！是我呀！

煞風景！沒看到我正在撞牆自責嗎？

報告隊長！傷亡人數統計出來了！

傷亡是
多少？

噓

堡主！現在
這種氣氛還
是不要說吧
……

HA!
HA!

縮頭烏龜，
你還想要逃
避現實嗎？

快說
出來！！

堡內被突擊
者死亡二十
一人，傷五
十七人，失
蹤三人。

堡外追擊者，
三十二名隊員，
僅存隊長一人
歸返！

啊！

短短一晚上，便奪走了鐵堡五十多條人命……

好慘哪！

別攔著我！

我要自刎！我對不起死去的弟兄！

儒夫！

你死一百次也挽救不了鐵堡的命運！

喔！

第 22 話

鐵盲公重見光明

活寶再顯神通，人參元神救盲公

所以那只是個古老的傳說，

是嗎？

根本沒人見過那把神劍？

因為鐵堡主是嫡傳的後代，鐵盲公才會想到要她鑄劍。

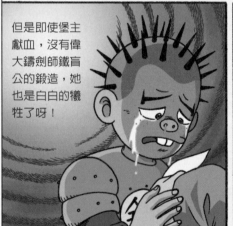

但是即使堡主獻血，沒有偉大鑄劍師鐵盲公的鍛造，她也是白白的犧牲了呀！

鐵堡沒有希望了！

我乾脆先死掉算啦！

鐵釘！

你這臭小子以為跳下去就能救得了鐵堡嗎?

現在的問題是必須消滅二齒魔,你在這裡才可能有好日子過!

如果鐵盲公不死,也許就能煉成神劍了!

哇!鼻涕!你是這樣感謝救命恩人的嗎?

你?

鐵釘,或許我能夠救活鐵盲公。

你能救活鐵盲公？

噢！這個笑話有點冷耶！

多謝你的好意。

用不著這樣安慰我的。

我是當真的！

你是蒸的！我還是炸的哪！

再開玩笑要我翻臉啦！

師兄你忘了她是誰？

啊！對喔！她不是她……

說什麼呀？

她？她不是一個小女生嗎？

釘

要救鐵盲公，你就多求求她吧！

嘿嘿！氣氛超神祕的呦！

你們全都是在逗我開心，是不是？

我瞧不出她有什麼特別的嘛！

她是魔法少女？還是小妖精？

我的名字叫「活寶」！

你是叫做「活得不耐煩的寶貝」吧！

活寶！

你不露兩手他是不會信的。

就是嘛！

就像上次她用榴槤砸我頭一樣。

你最愛吃什麼水果？

蘋果！

怎麼樣？

咱們這裡從不出產蘋果，

難道你變得出來嗎？

蘋果！

蘋 蘋 蘋 蘋 蘋

作弊！

一定是你偷偷藏在身上的！

你走過來一點。

幹啥？怕我知道什麼祕密嗎？

我怕你被砸扁！

哇！這是什麼？

咦？那些人圍著火爐在燒什麼呀？

每個人都在折紙!

那是紙蓮花。

這是我們鐵堡的傳統習俗。

祈求往生的族人能夠安祥的升天長眠。

啊!難道鐵盲公已經……

不!

鐵盲公

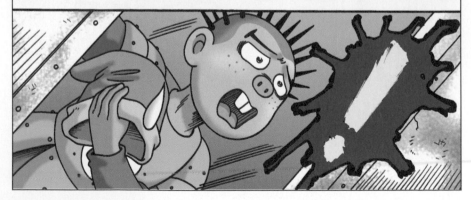

盲公已經仙逝，我已為他穿上壽衣啦！

唉！

嗚哇！

我……我想和他老人家單獨相處一下……

可憐的鐵釘！

你雖然調皮，但是鐵盲公最疼愛你呀！

嗚～

盲公！你先別急著走哪！

我找了幫手來救你啦！

怎麼啦！

為何嘆大氣？

唉

鐵盲公剛斷氣，七竅緊閉，用「滴血術」的話是起不了作用的。

你的意思是他沒得救了！

這……

沒救啦！

死定啦！

別吵！

你這豬鼻子還要哭。

夠傷心了，還罵人家。

不過幸好鐵盲公的魂魄尚未散去。

我必須元神出竅進入他的體內直接給他力量。

什麼叫做「元神出竅」？

完全聽不懂？

愈說愈玄！太專業了！

好像跌入了大霧裡！

你們要緊緊抱住艾飛的肉身！

千萬不要讓她碰觸到地面被吸掉了陽氣！

元神出竅！

鬼！

我不是「鬼」，我是「活寶」。

暈

抱緊了！

她不會吃人吧？

大師兄快來幫忙！

好詭異！

第 23 話

燃燒吧！祖靈血劍

浴血祭祖燃靈劍，勇士才是開鎖人

鐵堡第五十代傳人，鐵蓮。

鐵堡東長老・鐵忠

今日召集族人來到祖靈家祠有何目的？

因鐵堡遭逢浩劫，二齒魔屠我族人，鐵蓮護堡不力，願獻血鑄劍，以求消滅惡魔保我鐵堡生靈！

哇！

好可怕！

鐵柱，你是鐵堡第一勇士，必須振作！

血劍鑄成之後殺死二齒魔為我復仇！

天佑我鐵堡！！

一定是慈悲的祖靈

咳！

派天使來守護您的。

就是呀！這位天使還指引我如何去消滅二齒魔！

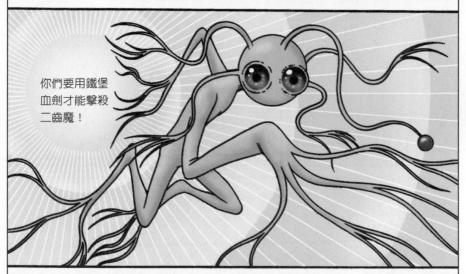

你們要用鐵堡血劍才能擊殺二齒魔！

對耶！你快死的時候還一直說：「祖靈血劍救鐵堡！」

你……

你就是鐵柱吧？

對不對？

盲公好眼力！

正是在下！

鐵柱有禮了！

唉！你比我想像中的還要⋯⋯

土！

老頭子！

剛剛活過來就開始罵人！

罵你算是客氣了！

我要你們尋找血劍，不是要犧牲堡主去獻血鑄劍！

那天我還沒說完就被你魯莽的壓到沒了氣！

就是你這傢伙吧！

哼！

啊！

咦！

釘

天使囑咐我

開啟血劍封印必需使用一把特製的金鑰匙,

而這把金鑰匙已經在鐵堡。

它就在「鐵堡第一勇士」的身上!

是指我嗎?

我是公認的「鐵堡第一勇士」

但是我身上沒金鑰匙呀!

只有一把宿舍寢室的破鑰匙。

那麼天使指的第一勇士又是誰呢?

……

喂！你快拿出來呀！

拿啥呀？

昨晚活寶交給你的那個！

就是這個金屬片嗎？

大家看啊！金鑰匙在鐵釘這裡！

沒想到竟然會是鐵釘！

我覺得你的祖靈有眼光。

他乳臭未乾，憑什麼祖靈選他做第一勇士？

我憑什麼咧？？？？？

就說有人托夢……

！

昨晚睡覺有位天使托夢給我……

她說呢，我又聰明，又英俊，又誠實……

真好笑！

你是鐵堡裡功課最爛、最矮、最醜、最會吹牛的不良少年！

你……侮辱了托夢天使！

其實她本來是要托夢給鐵柱的。

但是他一直在做春夢，根本無法進入。

沒有啦！

堡主不能相信他！

我沒有一直做春夢！

只是偶爾做做春夢。

而且我發誓！

對象也只有堡主而已……

噴！

SUCK!

你祖先也太會搞設計了吧!

非得弄成這麼高難度嗎?

抓緊一點!

我要把鑰匙放進去了!

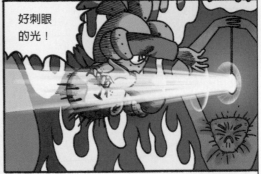

好刺眼的光!

找到了呀!

這孩子果然有福氣!

祖靈選擇他是對的!

這是怎麼回事？

鼎中的火焰突然變得如此猛烈？

好像是煉爐裡熊熊的熾焰！

我感受到火裡釋放著狂飆的力量。

第 24 話

臥底兔窩誘敵出洞

狡兔三窟，深入敵陣危機四伏

就是你活寶本尊身上的某個部位。

咿！愈說愈恐怖！

噹！噹！噹！

堡主在召集戰鬥會議啦！

很快就會揭開謎底了！

快走吧！

這次出擊要特別小心！

要攻擊二齒魔的心臟。

心臟！

知道啦！

喔！好刺激呀！

已經穿上兔子裝了。

為什麼還要蒙上眼罩呢？

這樣進入地道後立刻能適應黑暗的環境。

不給我們火炮嗎？

兔子生性怕火，為了不被發現，你們必須搜索前進！

摸黑找兔子？

夠嗆！

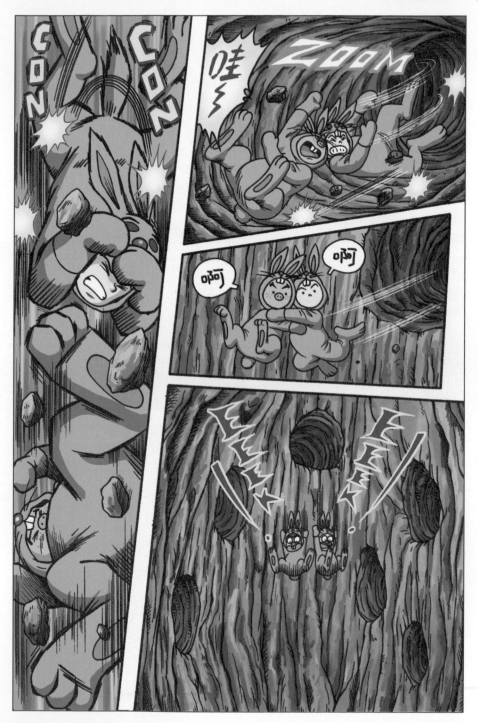

后嗔媽呀！

疼死我啦！

吓！差一點被你給悶……

咦？你在說什麼？

噓一

快把兔子面罩拉下來！

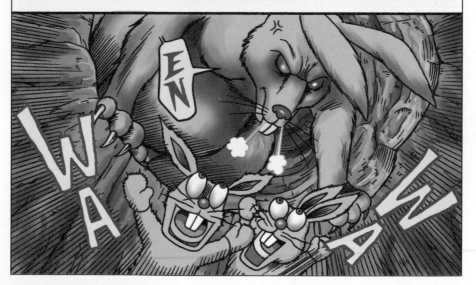

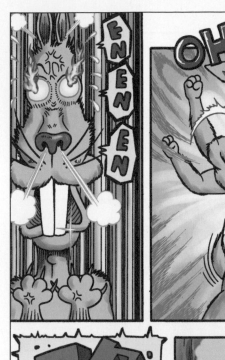

剛才那隻迅猛兔是從這裡出來的。

去前面看看。

沒想到兔子能挖出這麼複雜的坑道。

太不可思議了。

噓！

發現了什麼？

是一間食物倉庫。

我們混進兔群裡面！

好主意！

喔！為什麼輪到我就變成這麼大顆！

我是隻倒楣的兔子。

重死了！

要搬去哪裡呀？

你跟著走就是了

趁機快溜！

啃！

啊

怎麼又是他！

這下子死定了！

耶!

打開了!

偽裝的真好!太難被發現了!

信號彈呢?

藏在我這裡!

支架只剩下一支啦!

一定是爬坡時擠斷的!

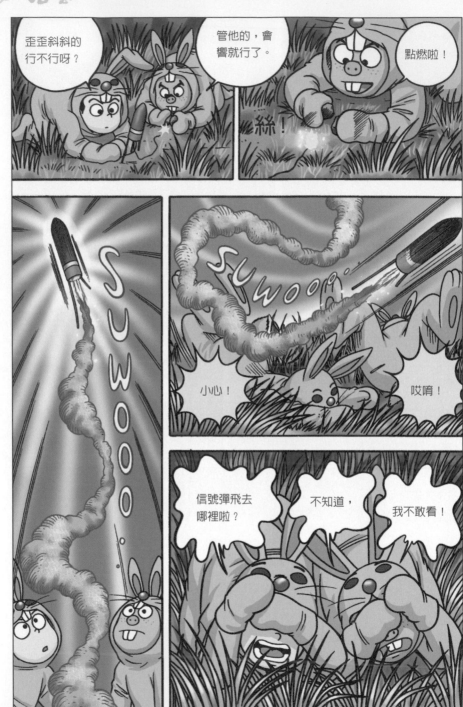

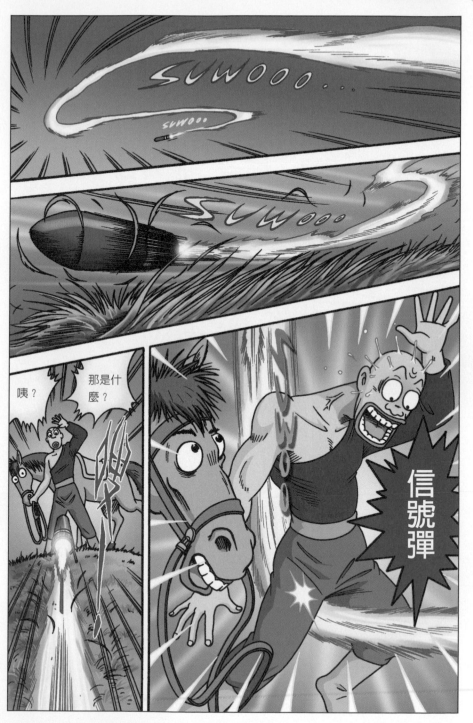

你有聽見爆炸聲嗎？

耳朵搗著什麼都沒聽到。

要不然再發射一次。

剩下最後一枚了！

啊！這枚更糟！連身體都折彎啦！

怎麼辦？

管他三七二十一，能爆就行了。

卡！卡！

點燃啦！

絲—

SUWOOO

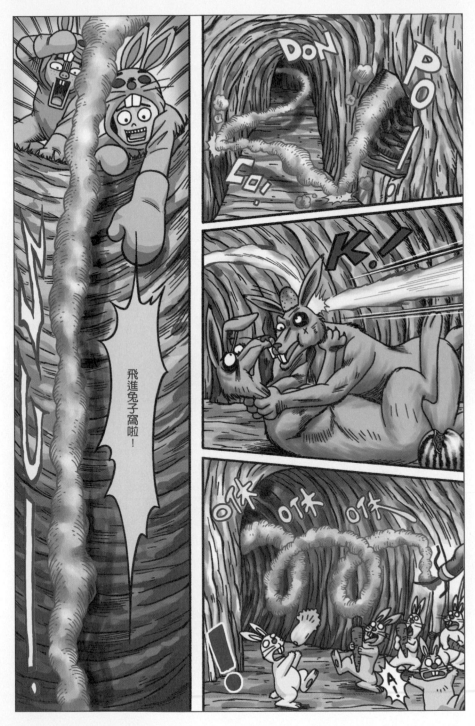

聽！

下面發生了爆炸。

有東西衝上來了。

啊！那是……

哇！

原來有這麼多的出口！

兔群受驚嚇，全都上來了！

現在最好處變不驚，靜觀其變！

對！我們繼續裝兔子！

天哪！不會又是他吧！

你的仰慕者又出現了！

你快逃！

不用英雄救美啦！

喂！太癡情了吧！

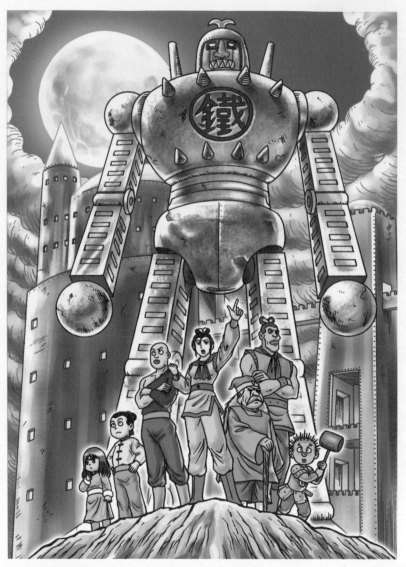

具有千年歷史的祖靈血劍在活寶的指引下重現江湖，在鐵蓮堡
主的帶領下，鐵堡與二齒魔的最終決戰究竟誰勝誰負？二齒魔
的不死之身和活寶有什麼關係，活寶能不能順利找回自己的正
身，另外四把鑰匙又會帶領烏龍院師兄弟到什麼地方去？預知
詳情，請千萬別錯過烏龍院精采大長篇《活寶4》！

畫一張說一張

編號❶ 午門屠刀

「午門屠刀」！在設定造型時就要凸顯出一個「恨」字，給他們配上誇張狂猛的冷兵器去殲滅兔子，會讓讀者產生用牛刀殺雞的錯覺。這三位強人顯得愈厲害，相對輕易打敗他們的二齒魔就會給人一種無敵的印象。反過來說明，非常懼怕老鼠、蟑螂、甚至蝴蝶的人，其實並不一定是膽小鬼。

編號❷ 鐵桶坡外屍橫遍野

十步殺一人，千里不留痕，由遠到近，可謂「屍橫遍野」呀！以一點透視拉開的張力，配上慘不忍睹的畫面，能帶來強烈的視覺震撼，從人和馬的眼裡透出難以置信的恐懼信息，造成這一慘劇的凶手雖然仍未登場，但已能讓現眾自己展開最極限的聯想。有被嚇到嗎？呵呵，很抱歉，這正是我想要的效果。

編號❸ 鐵桶坡鐵堡設計圖

鐵桶坡的外觀格局設定眞是讓我絞盡腦汁。顧名思義，鐵桶坡是充滿金屬感的地區，與金鑰匙相呼應。由於它是劇情進展的重要舞台，我必須把它構建成磅礴大氣的城堡，並以仰視式鏡頭凝造出居高臨下的氣勢。城堡裡住著一群擅長打鐵鑄劍的工匠，而堡主是位鍛造神兵利器的世家子弟。當然，首先得讓城堡的外形勾起讀者朋友的好奇心，然後才有興趣去了解鐵桶坡的內在。

編號❹ 小小三角戀

鐵釘可以算是小師弟的情敵吧，令人詫異的是，喜歡小師弟的人同時對他也不反感。我在創作新角色時有個不變的原則，角色一定會充滿活力與喜感。釘子般的頭髮是鐵釘的招牌特點，可愛的小豬鼻子加上「丁」字眉，恰到好處的人氣配角就這樣呼之欲出了，聰敏的小師弟、天眞的艾飛、搞怪的鐵釘，就形成了「小三角戀情組合」！

深刻地體會淺薄 · 無言中感受知音

不 苦 堂

各種漫畫的形式五花八門,綜合言,可歸納為三大類…PA!

單幅漫畫

名言:一針見血

作者要在極有限的空間很敏銳的交代出創意。而且必需破解問題本身的表象,做出更深層次的觀見點。

四格漫畫

名言:出奇制勝

"起·承·轉·結" 尤其要在第四格裏能製造出顛覆慣性思維的驚爆點。讓讀者感受到如同打開一扇門之後猛然看到前所未見的新鮮事物。

連環漫畫

名言:老謀深算

編劇要能掌握高潮起伏,運鏡要能遠近運用自如,角色要能操控表演到位,線條要能像流水一樣順暢,耗時費體力,技術含量高,極度挑戰作者對漫畫的熱情。

連環漫畫是一種高難度的創作藝術。

首先要能夠編出引人入勝的故事內容。

因為……
……所以……

然後……
……結果

做文章的手法也要別具一格。

天是藍的，水是濕的，為了愛我滾去了！

WHAT?

而且知識要豐富，見聞要廣博，即使不懂也得去搞懂。

yes yes yes yes yes OH! yes yes yes Hi! yes

畫圖的技術更是要純熟，想到什麼就得立刻畫出什麼，眼到，手到！

CAT

連環漫畫尤其注重鏡頭的運用，特寫、近景、中景、遠景、俯角、仰角……基本上就是在拍一部紙上電影。

PON

作者本身就是導演,
要指揮每個演員
去扮演好劇中的
角色,因此在設定
造型時就得先依
照其個性和特色
去量身訂做。

劇中人物的表情
是非常重要的,是
傳達感情的關鍵,
不但要能收放自如,
而且要拿捏得很準確。

呆滯　頭暈　憤怒　有點得意

很難過　開心!　睡得很熟　揍扁了!

在連環漫畫裏
會應用到許多特殊
的漫畫專業技法。

例如"對話框"
使用的形式要依照
人物說話的語氣
和情緒來配合畫面。

平靜——　激情——　狂熱——　害怕——

我愛你。　我愛你　我愛你　我 愛 你

〈狀聲字〉

漫畫裏的超級
音響效果,可以
為平面無聲的
畫面增加活潑
的力量。

〈效果線〉

在畫面的背景上
用線條的形態變化
襯托出更佳的氣氛。

▲ 驚訝的效果線

•使用前

•使用後

▼ 恐懼的效果線

•使用前

•使用後

▼ 懸疑的效果線

•使用前

•使用後

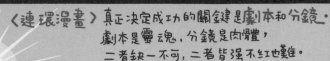

〈連環漫畫〉真正決定成功的關鍵是劇本和分鏡。
劇本是靈魂，分鏡是肉體，
二者缺一不可，二者皆強不紅也難佳。

優秀的連環漫畫家
必定具備獨特的
作文能力，甚至是
一位風格怪異的
哲學家、思想家。

好的劇本
在先天上已經
決定了作品的
榮景坦途。

爛劇的劇本
即使是神仙
也莫佳助其
起死回生。

〈想法〉先勝於〈技法〉
這句錚言在專業領域
是鐵一般的實戰驗証。

時報漫畫叢書 FT814

活寶 3

作　者—敖幼祥
主　編—林怡君
編　輯—何曼瑄
美術編輯—黃昶憲
執行企劃—李慧貞
董事長—趙政岷
總經理—
總編輯—余宜芳
出版者—時報文化出版企業股份有限公司
10803台北市和平西路三段二四○號四F
發行專線—(○二)二三○六—六八四二一
讀者服務專線—○八○○—二三一—七○五
　　　　　　　(○二)二三○四—七一○三
讀者服務傳真—(○二)二三○四—六八五八
郵撥—一九三四四七二四時報文化出版公司
信箱—台北郵政七九～九九信箱
時報悅讀網—http://www.readingtimes.com.tw
電子郵件信箱—liter@readingtimes.com.tw
法律顧問—理律法律事務所 陳長文律師、李念祖律師
印刷—華展印刷有限公司
初版一刷—二○○六年五月二十二日
初版六刷—二○一六年七月一日
定　價—新台幣二八○元

ISBN 957-13-4474-5
Printed in Taiwan